Jeudi,
jour de jalousie

Nos fabuleux auteurs font bien des jaloux... au
www.soulieresediteur.com

De la même auteure
Chez Soulières éditeur:

Le champion du lundi, 1998

Le démon du mardi, 2000, Prix Boomerang 2001, 3e position au Palmarès de Communication-Jeunesse 2001

Le monstre du mercredi, 2001, 2e position au Palmarès de Communication-Jeunesse 2002

Lia et le secret des choses, 2002

J'ai vendu ma soeur, 2002, Prix du Gouverneur Général du Canada 2003

Les petites folies du jeudi, 2003, Prix Communication-Jeunesse 2004, Grand Prix du livre de la Montérégie 2004

Le macaroni du vendredi, 2004, Grand Prix du livre du public de la Montérégie 2005

L'esprit du vent, coll. Graffiti 2005, Grand Prix du jury de la Montérégie 2005

Maîtresse en détresse, 2005

Le mauvais coup du samedi, 2005, Grand prix du public de la Montérégie 2006

Pas de chance, c'est dimanche !, Grand Prix du livre de la Montérégie – Prix du public 2008

Au coeur de l'ennemi, 2008, Finaliste au Prix des univers parallèles 2010

Lundi, jour de peur, illustré par Caroline Merola

Mardi, jour d'halloween, illustré par Caroline Merola

Mercredi, jour de fête, illustré par Caroline Merola

Chez d'autres éditeurs :

Mon pire problème, éd. Bayard, 2010

Le pire des papas, éd. Imagine, 2010

C'est un jeu ! éd. du Boréal, 2009

Le souhait défendu, éd. Bayard, 2009

C'est ta fête ! éd. du Boréal, 2008

La petite rapporteuse de mots, éd. Les 400 coups, 2007, Prix du Gouverneur général (illustrations) 2007, Finaliste au Prix TD 2007, Prix du livre jeunesse des bibliothèques de Montréal 2008, Finaliste au Prix Alvine-Bélisle 2008 et Sélection IBBY 2009.

Jeudi,
jour de jalousie

un roman écrit par
Danielle Simard
et illustré par **Caroline Merola**

SOULIÈRES
ÉDITEUR
www.soulieresediteur.com

case postale 36563 — 598, rue Victoria
Saint-Lambert (Québec) J4P 3S8

Soulières éditeur remercie le Conseil des Arts du Canada et la SODEC de l'aide accordée à son programme de publication et reconnaît l'aide financière du gouvernement du Canada par l'entremise du Fonds du livre du Canada (FLC) pour ses activités d'édition. Soulières éditeur bénéficie également du Programme de crédit d'impôt pour l'édition de livres – Gestion Sodec – du gouvernement du Québec.

Dépôt légal: 2013

Catalogage avant publication de Bibliothèque et Archives nationales du Québec et Bibliothèque et Archives Canada

Simard, Danielle, 1952-
  Jeudi, jour de jalousie
  (Collection Ma petite vache a mal aux pattes ; 119)
  Pour enfants de 7 ans et plus.
  ISBN 978-2-89607-218-7
  I. Merola, Caroline. II. Titre. III. Collection: Collection Ma petite vache a mal aux pattes ; 119.

PS8587.I287J48 2013   jC843'.54   C2013-940894-0
PS9587.I287J48 2013

Conception graphique de la couverture:
Annie Pencrec'h

Logo de la collection:
Caroline Merola

À Manon et à Louise,
qui sont amies
depuis des dizaines
et des dizaines d'années.

Chapitre 1

Tout nouveau...

Au souper du dimanche, on pense au lundi. Plus qu'une nuit avant la sonnerie du réveille-matin, les toasts brûlés, les parents pressés...

En attendant, maman s'apprête à couper le gâteau au chocolat. Papa, Roxane et moi, on le dévore déjà des yeux. Mais voilà que la spatule reste figée en l'air.

— J'y pense, Julien ! s'exclame

maman. Demain, tu vas avoir un nouveau camarade.

— Hein ? Comment sais-tu ça ?

— J'ai mes espions ! Non, sans blague, la maman de ce garçon fait de la traduction pour notre agence. Elle travaille chez elle, mais elle est venue à une réunion vendredi. Elle nous a annoncé qu'elle déménageait le lendemain. Tout près d'ici !

— Elle déménage à la mi-mars ?

— Euh, oui... répond maman. Son mari est dans l'armée... Il vient de partir en mission au Moyen-Orient. C'est beaucoup de changements pour son fils. Ce serait bien que tu l'aides à s'adapter. Elle m'a dit qu'il serait dans la classe d'Odile. Tu parles d'un hasard !

— Oui, tu parles ! intervient papa avec un drôle d'air.

Maman lui fait de gros yeux. Bizarre.

— Le coupes-tu un jour, ton gâteau ? demande Roxane, sur son nouveau ton d'ado.

Enfin, la spatule accomplit sa tâche. Maman dépose un morceau dans mon assiette en disant :

— J'ai promis à Claudia que tu t'occuperais de son fils. Tu verras à ce qu'il ne se sente pas trop seul.

Ma mère et sa manie de prendre des décisions pour moi ! Je lui rappelle que j'ai déjà un ami.

— Un seul, ce n'est pas beaucoup. Tu peux très bien en avoir deux. Je...

— Tu n'es pas obligé, coupe papa. Ce gars-là peut sûrement se débrouiller sans toi.

— Sylvain ! s'offusque maman. Tu devrais encourager ton fils à se montrer généreux.

— Et le mari de ta Claudia, il s'est montré généreux, lui ?

Un froid polaire tombe dans la cuisine. Les yeux de maman jettent deux glaçons acérés vers papa. Il baisse la tête et plante sa fourchette dans son gâteau.

— Qu'est-ce qu'il a fait, son mari ? demande Roxane.

— Rien ! s'écrie maman, toute rouge.

Papa se contente de grommeler en mastiquant. Moi, je m'étonne :

— C'est drôle qu'Odile ne nous ait rien dit.

— Elle vous réserve la surprise, répond maman. Alors, ne vends pas la mèche !

— Ce qui veut dire ? demande Roxane en soupirant.

Souvent, j'en sais plus que ma grande soeur. Je traduis pour elle :

— Ça veut dire : ne dévoile pas le secret !

Tous les matins, je retrouve mon ami Michaël au coin de ma rue et de l'avenue Centrale. Qu'il pleuve ou qu'il vente, le premier arrivé attend l'autre. Puis on se rend ensemble à l'école. C'est fou tout ce qu'on a à se dire ! Quoique, ce matin, je n'arrive pas à placer un mot... Moi qui croyais « vendre la mèche » à Michaël ! Pas moyen ! Il me parle de sa montre neuve jusqu'à ce qu'on se mette en rang.

Dès que nous sommes installés en classe, Odile nous apprend la nouvelle. Dix minutes plus tard, la directrice cogne à la porte. Elle fait entrer un grand blond.

— Je vous présente Édouard Garnier-Roy, votre nouveau compagnon, dit Odile. Je compte sur vous pour qu'il se sente chez lui dès aujourd'hui.

Assise en avant, Lucie se tourne vers les autres en battant des cils. Ses lèvres forment un mot muet : « beau ! » Tout nouveau, tout beau, comme on dit. Le garçon nous dévisage un à un, pas du tout intimidé. Il a même un sourire un peu fendant. Papa avait raison. Ce gars-là pourra très bien se débrouiller sans moi.

N'empêche qu'à la récré, j'obéis à maman. Dans la cour, je me dirige vers Édouard Garnier-Roy. Michaël me suit en ronchonnant. Je prends mon air le plus gentil et je dis :

— Salut ! Ma mère connaît ta mère. Elles travaillent ensemble.

Je savais que tu arrivais aujourd'hui.

Édouard se crispe. Sans sourire, il demande :

— Ah oui ? Qu'est-ce qu'elle t'a dit d'autre ?

— Bah... que ton père était dans l'armée, parti en mission...

— Oui, c'est ça, coupe-t-il sèchement.

Puis son regard se porte sur le poignet de Michaël. Mon ami n'arrête pas de regarder l'heure, ce matin.

— Eh ! Mais tu as une Zitrone ! s'exclame Édouard.

— Mon père me l'a donnée hier, répond Michaël, tout content. Il l'a achetée en Suisse.

15

— J'ai la même, mais en vert. Je l'ai laissée à la maison. Moi aussi, mon père me l'a achetée en Suisse. C'est incroyable tout ce qu'on peut faire avec ça ! Tu as utilisé la calculatrice ?

— Non, je n'ai pas fini de lire les instructions. C'est mon plus gros livre.

— Attends, je vais te montrer !

Oh, ce n'est pas vrai ! Ils ne vont pas passer la récré à tripoter cette grosse montre orange ! Je recule de trois pas en criant :

— Ils forment les équipes pour le soccer. Venez !

Je cours tout seul en me retournant de temps en temps. Mon ami et le nouveau ne bougent pas d'un poil. Ils sont tellement pris dans leur conversation qu'ils m'ont oublié.

Chapitre 2

Ce qu'on
ne sait pas...

Cet abominable nouveau me gâche la vie. En tout cas, il m'a déjà gâché toute une semaine.

Je n'ai jamais aimé les dimanches soirs. Mais je déteste encore plus celui-ci. Il y a exactement sept jours, j'apprenais qu'il y aurait un élève de plus dans ma classe. Aujourd'hui, je sais qu'il y a volé ma place !

Ma place de « chouchou du prof », dirait Anne-Marie Labrie. Avant, je trouvais qu'elle exagérait. Je me trompais ! Il a fallu que je ne sois plus le chouchou pour comprendre que je l'étais.

Tout a commencé dès le premier jour, quand Odile a repris la lecture à haute voix de *Lia et le secret des choses*. Lorsqu'elle rencontre un mot compliqué, Odile s'arrête toujours pour demander si quelqu'un sait ce qu'il veut dire. Je lève la main presque chaque fois. Et je suis souvent le seul. Si bien que, parfois, Odile se contente de dire :

— Explique-nous donc ce mot, Julien.

Avant cette semaine, je n'avais pas saisi à quel point ça me faisait plaisir. Et maintenant, il est trop tard...

— Tu sais ce que « saugre-nu » veut dire, Julien ? a-t-elle demandé, lundi dernier.

— Euh...

— Quelqu'un d'autre le sait ?

La main d'Édouard Garnier-Roy a fusé vers le plafond. Avec son sourire fendant, il s'est tourné vers moi pour expliquer :

— Saugrenu, c'est le synonyme de bizarre ou ridicule. Ce qui veut dire qu'il peut remplacer ces mots-là.

— Bravo, Édouard ! s'est extasiée Odile. En plus, tu nous as expliqué le mot « synonyme » !

Elle a regardé son nouvel élève comme si elle découvrait un trésor.

J'ai senti comme un *couic* dans mon coeur. Et ce n'était qu'un début !

Le nouveau connaît TOUS les mots. Mercredi, Odile était déjà passée au :

— Explique-nous donc ce mot, Édouard.

Je sais, ce n'est pas si terrible. Sauf que cet être parfait est fort en calcul, en sport, en dessin et qu'il s'est déjà fait un nouvel ami : LE MIEN !

Voilà le pire. Michaël et lui passent leur temps à papoter. « Mon père » par-ci, « mon père » par-là, leurs voyages, leurs belles voitures, leurs cadeaux formidables... Moi, je n'ai rien à ajouter : mon père rentre à la maison tous les soirs, il ne revient pas de loin, il arrive en autobus et il ne rapporte jamais de cadeaux.

Chaque jour, je me suis senti un peu plus de trop entre ces deux-là. Le malheur, c'est qu'Édouard est un marcheur, comme Michaël et moi. Il a même fallu qu'il déménage sur la même rue que mon ami. Il marche donc avec nous. En fait, JE marche avec EUX. Il faut m'ajuster à leurs pas, sinon je me retrouve seul. Et ils ne s'en aperçoivent même pas ! Ils sont trop occupés à parler ensemble. Jeudi, ils sont même partis de l'école sans moi. J'ai dû courir pour les rattraper.

Je n'aime pas courir avec le coeur lourd. On a l'impression qu'il se cogne sur nos os...

Le matin, ce n'est pas mieux. Dès mardi, Édouard et Michaël avaient convenu de se rencontrer. Je suis sorti de chez moi en marchant comme d'habitude mais, bientôt, je me suis mis à courir à moitié. Je voulais arriver au coin de l'avenue Centrale

avant eux. J'avais déjà un peu peur qu'ils ne m'attendent pas. Les jours suivants, je suis parti plus tôt. Ça m'évitait de me demander s'ils étaient déjà passés ou non. Ça m'évitait surtout d'apprendre que « oui ». Maman dit parfois que ce qu'on ne sait pas ne nous fait pas mal.

Je n'ai pas été triste de voir arriver le vendredi. Je croyais

que tout s'arrangerait le lendemain.

Les samedis où Michaël ne
sort pas avec son père, nous
jouons ensemble chez lui. C'est
sacré ! Mais hier, quand je lui ai
téléphoné, il n'avait pas sa voix
joyeuse des autres fois. Sur un
ton ennuyé, il m'a dit :

— Euh, oui... Tu peux venir si
tu veux, Julien.

Chez lui, j'ai compris. Édouard
était déjà là. Il habite si près !
Par la fenêtre de la chambre de
Michaël, on voit la sienne. Ils me
l'ont montrée.

Michaël et moi, nous formons
une super équipe. Lui, il a les
beaux jouets et moi, j'ai les
bonnes idées. On joue toujours
à *mes jeux*. Mais pas hier. À chacune de mes propositions, *mes
deux amis* faisaient la grimace.

C'est Édouard qui a décidé de tout. Il a inventé de drôles de jeux, avec un mauvais rôle pour moi.

J'avais seulement envie de crier : « Dites-le moi, si je suis de trop ! » puis de partir en claquant la porte. Mais j'aurais eu l'air d'un bébé jaloux. Alors je me suis forcé à sourire et à continuer de jouer.

Avez-vous déjà essayé de sourire en croquant de la vitre ?

Pas facile. Pourtant, je crois y être arrivé.

Demain, c'est lundi, le réveille-matin, les toasts brûlés, les parents pressés... Toutes les semaines commencent ainsi. À l'école, pourtant, plus rien ne sera comme avant.

Chapitre 3

Le bonheur
des uns...

Il y a des limites à tout. Ce matin, je n'ai pas envie de me précipiter comme la semaine dernière. Je prends mon temps pour déjeuner. Sur la rue, je ne cours plus. Pas même à moitié. Des miettes d'espoir me font pourtant guetter les silhouettes de Michaël et d'Édouard. M'attendraient-ils au coin ?

Et soudain, je les vois passer... Sans se retourner ! Sans s'arrêter !

C'est donc bien vrai : je suis de trop. Ma vue s'embrouille, alors que je ralentis davantage le pas. Je ne veux surtout pas qu'ils me voient.

Dans la cour, je les aperçois de nouveau. Ils discutent avec des grands sourires et de grands gestes. Maman dit que *le bonheur des uns fait parfois le malheur des autres*. En tout cas, leur bonheur à eux fait vraiment mon malheur !

Est-ce que je les rejoins, comme si de rien n'était ? Est-ce que je les ignore ? À quoi bon me poser ces questions. Pour pouvoir y répondre « oui », il faudrait que je sois capable de me retenir. Et je ne le suis pas.

Cette fois, je cours plus qu'à moitié. Je me plante devant eux et je crie presque :

— Vous ne m'avez pas attendu !

Michaël rougit. Édouard, non. Il prend une mine étonnée.

— Oh, Julien ! Tu es venu, finalement ? On a cru que tu étais malade.

— Bien, voyons ! Vous ne vous êtes même pas retournés pour voir si je m'en venais.

Sur ces mots, ma voix se met à trembler, mais je continue :

— Vous pouvez faire comme si j'étais malade jusqu'à la fin de l'année. Tu n'es plus mon ami, Michaël ! Puis toi, Édouard, tu ne l'as jamais été.

Michaël fait un pas vers moi. Il s'arrête quand Édouard lâche :

— Comme tu voudras, Julien !

Le regard de mon ex-ami plonge sur ses pieds. Je m'éloigne à grandes enjambées. C'est encore pire que ce que j'avais prévu. La cour d'école se met à chavirer.

Heureusement, je suis sauvé par la cloche. Dans la classe, j'essaie de ne plus penser à ça. Je porte toute mon attention sur Aurore Macoumbé qui se lève. Elle va remettre sa médaille de championne du lundi pour la semaine précédente. Odile va bientôt annoncer le champion de cette semaine. Il y a au moins un mois que je ne l'ai pas été. J'imagine Odile déclarer :

— Les amis, c'est Julien Potvin qui mérite l'étoile, aujourd'hui. La semaine dernière, il nous a montré avec quelle générosité il pouvait laisser sa place à un autre.

En réalité, je l'entends déclarer :

— Les amis, c'est Édouard Garnier-Roy qui est notre nouveau champion du lundi. Sa première semaine parmi nous a été fantastique. Non seulement il s'est bien intégré, mais il nous a déjà éblouis par ses talents.

Les élèves applaudissent à tout rompre. C'est comme s'ils m'achevaient à la mitraillette. Édouard salue comme une vedette.

Je le déteste. Je le déteste. Je le déteste.

Pendant qu'Odile épingle l'étoile sur sa poitrine, je me dis que je la mériterai peut-être bientôt... comme champion croqueur de vitre !

— Oh ! mais j'y pense ! s'exclame soudain Odile. Ce sera le *Combat des lecteurs,* la semaine prochaine. Je suppose que tu ne pourras pas y participer, Édouard. Il faudra répondre à des questions sur des livres que nous avons tous lus, en classe ou individuellement.

Notre nouveau champion arbore son grand sourire de requin.

— Mon école participait aussi au *Combat.* On avait la même liste. J'ai tout lu.

Regardez-le ! Il est certain de gagner. S'il savait à qui il va avoir affaire ! Je ne croque plus de vitre. Je me retiens de cracher du feu !

La neige mouillée ne nous empêche pas d'aller en récréation dehors. Elle nous empêche seulement de jouer au soccer. Je ne sais pas quoi faire. Depuis le temps que je me tiens avec Michaël, j'ai perdu l'habitude d'aller vers les autres tout seul. Ce matin, en tout cas, je n'ose pas. Alors je marche entre les groupes déjà formés. J'ai beau être dans ma cour d'école, j'ai un peu l'impression d'être perdu en forêt.

Gabrielle, ma blonde, est au milieu de sa bande... de filles. Pas question de me mêler à

elles ! Mieux vaut demeurer un
loup solitaire...

— Tu veux des amandes, Julien ?

Je me retourne. Jérémie Sigouin me tend un sac sous le nez. Quelle apparition ! C'est vrai, Jérémie a une sorte de don. En tout cas, je ne sais pas comment appeler ça. C'est comme s'il était invisible. Personne ne le remarque jamais. Même Odile arrive à l'oublier. Aussi, il n'a pas un ami qui soit juste à lui. Comme moi avec Michaël, avant...

— Merci, lui dis-je en plongeant la main dans son sac d'amandes. Hummm ! Elles sont salées.

— Oui, c'est meilleur salé.

— C'est sûr, les autres ne goûtent pas grand-chose.

— Elles goûtent les amandes.

— Et les amandes, ça ne goûte pas grand-chose.

— Non, pas grand-chose.

Comment une récré peut-elle durer aussi longtemps ? La cloche est tombée dans le coma ou quoi ?

Chapitre 4

Qui ne risque rien...

Vendredi ! Cette foutue deuxième semaine « avec le nouveau » s'achève enfin. Par chance, l'élève invisible est venu à ma rescousse tous les jours. J'aimerais seulement qu'il m'ait rendu invisible moi aussi. Devenir l'ami de Jérémie Sigouin, c'est mieux que rien, mais... C'est drôle à dire, c'est un peu comme perdre des points.

Oui, perdre des points dans un grand jeu qui n'a pas de nom, mais auquel on est tous obligés de jouer tout le temps. Je n'y peux rien, je le ressens ainsi.

Je n'ai pas autant de plaisir avec Jérémie qu'avec Michaël. On dirait que parler devient plus difficile. Heureusement qu'on lit beaucoup, tous les deux ! On se raconte nos lectures et, finalement, ce n'est pas mal.

Depuis lundi, le plus dur a été d'essayer d'éviter Michaël. Au soccer, ça devient carrément impossible. Alors on joue en faisant semblant de ne pas se connaître... Le pire, c'est qu'on y parvient.

Après la classe, je prends tout mon temps pour sortir de l'école. Je ne veux pas avoir à marcher sur les talons de mon ancien ami et de son nouvel ami. Mais, cet après-midi, ils ont dû s'attarder aussi. J'ai beau traîner les pieds, je continue à les voir à quelques mètres devant moi. Leurs éclats de rire volent jusqu'à moi, si coupants qu'ils me blessent.

Maman rentre plus tôt le vendredi. Elle est là quand j'arrive à la maison. Pas moyen de cacher ma figure ! Tout de suite, elle s'inquiète :

— Tu as l'air tellement triste, Julien ! Qu'est-ce qui t'arrive ?

Je lui raconte tout à propos de « son » atroce nouveau et de mon ex-ami. D'en parler me fait monter les larmes aux yeux, même si j'essaie de les retenir.

Maman me serre dans ses bras. Elle me dit que ça arrive tout le temps, ces petites chicanes-là.

— Rappelle-toi, l'année dernière, au même moment de l'année ! Tu t'étais disputé avec Michaël, à cause de Gabrielle. Tout a bien fini...

Oui, je me souviens combien nous avions été heureux de nous réconcilier.

— Laisse tomber ton orgueil, Julien. Fais les premiers pas. Tiens, demain, appelle Michaël, comme tous les samedis. Je suis certaine qu'il sera soulagé. Tu vas le faire ?

Je hoche la tête. Si j'ouvre la bouche, j'ai peur de me mettre à pleurer pour de vrai. Oui, il faut que j'essaie. Je veux retrouver mon ami. C'est trop dur, sinon...

Maman se tient à côté de moi. Sans sa présence, je n'oserais pas composer le numéro de Michaël.

— Allo, Michaël ? C'est Julien. Je peux aller jouer chez toi ?

— Oh... Julien... Euh, bien...
Ça tombe mal. Je sors avec mon
père, là, tout de suite.

— Ah !... Une autre fois, alors...

Il a déjà raccroché. Maman a
entendu. Elle a l'air aussi peiné
que moi. Puis, son visage s'éclaire.

— J'ai une idée ! Si Michaël
n'est pas là, Édouard n'aura pas
d'ami. Lui, il n'a pas pu sortir
avec son père, ajoute-t-elle avec
un petit rire.

— C'est quoi, ton idée ?

— Tu vas lui rendre visite. Tu sais où il habite, tu me l'as dit.

— Jamais de la vie ! Je le déteste !

— Bien, justement, ça n'a pas d'allure. Si vous vous retrouvez à deux, tu vas sûrement arriver à t'en faire un ami. Je te connais ! Allez, essaie au moins, Julien ! Tu ne veux pas que les choses continuent comme la semaine dernière ?

— Je ne serai pas capable de sonner à sa porte.

— Ce n'est pas la première fois que je t'entends dire une chose comme ça. Mais à la fin, tu parviens toujours à surmonter tes peurs. Je te l'ai souvent répété : la peur, ce n'est qu'un mur à grimper. Il faut que tu ailles voir ce qui se cache derrière. Qui ne risque rien...

— N'a rien. Je sais.

Maman et ses foutus murs à franchir ! Bah... elle a souvent raison. Qu'est-ce que j'ai à perdre ? La face ? Je crois bien qu'avec Édouard, je l'ai déjà perdue.

— Ha ! Ha ! fait maman en tapant son index sur mon front. Je sens que ça travaille, là-dedans. Alors, tu y vas ?

— Oui, j'y vais ! Au pire, je lui dirai ma façon de penser.

Chapitre 5 :

Tel père...

À mesure que je m'approche de chez Édouard, je ralentis le pas. Je ne vais quand même pas me présenter : « Coucou, c'est moi ! » Dans ma tête, je m'exerce à dire : « Salut, Édouard ! Comme Michaël n'est pas là, j'ai pensé qu'on pourrait jouer ensemble. »

Au mot « ensemble », je vois la porte s'ouvrir chez Michaël. Ils sortent, tous les deux ! Pas

Michaël et son père... Michaël et Édouard !

Je me colle derrière un gros arbre. Par chance, ils n'ont pas regardé dans ma direction. Ils

traversent la rue en riant et ils entrent chez Édouard.

Le monde s'écroule. Michaël m'a menti pour ne pas me voir ! Je ne pensais pas qu'on pouvait avoir une si grosse boule dans la gorge. Une boule râpeuse, en plus.

Je reviens sur mes pas, le visage inondé de larmes. Sur l'avenue, c'est gênant. Il y a beaucoup de monde. Mais sur ma rue, je desserre un peu les dents. Il faut que la grosse boule sorte. Cette fois, je me mets à pleurer comme un bébé.

Heureusement que Roxane est sortie ! Je ne veux pas qu'on me voie comme ça à la maison. J'entre sur la pointe des pieds. Les voix de mes parents me parviennent de la cuisine, au bout du corridor. Celle de papa monte d'un ton :

— Je ne peux pas croire que tu l'as envoyé dans cette maison-là !

— Écoute, Sylvain, répond maman. On ne peut pas tenir un enfant responsable des actes de son père.

— Peut-être, mais j'imagine facilement quelle éducation cet Édouard a reçue. Tel père, tel fils, comme on dit !

— Quelle sornette ! Moi, je connais sa mère et je lui fais confiance. Elle ne savait pas comment son mari plaçait l'argent de ses clients. D'ailleurs, elle a demandé le divorce.

— C'est sûr qu'un mari en prison, ça devient moins intéressant, dit papa d'un ton moqueur.

En prison ? Le père d'Édouard n'est pas dans l'armée, mais en prison ? Toujours sur la pointe

des pieds, je m'approche de la cuisine. Papa reprend :

— Tiens, regarde ! Ils en parlent justement dans le journal. Ils ont rencontré certaines de ses victimes. Des retraités auxquels il a volé les économies de toute une vie ! Quel escroc !

— Oh, je sais bien... soupire maman.

— Moi, en tout cas, je ne fréquenterais pas des gens pareils. Tu devrais interdire à Julien de se tenir avec ce garçon-là.

— Cette fois, tu mélanges tout, s'emporte maman. On parle ici d'enfants innocents. Il me semble que ce n'est pas si difficile à comprendre !

Oups ! Les souliers de maman claquent sur le plancher... Elle vient dans ma direction ! Je

n'ai pas le temps de gagner ma chambre. Elle s'arrête net quand elle me voit dans le corridor. Je demande :

— Le père d'Édouard est vraiment en prison ?

— Ah !... Seigneur.

Maman m'entraîne vers mon lit. Elle s'assoit à mes côtés et plante ses yeux dans les miens. Elle me fait promettre de garder le secret. Sinon, la mère d'Édouard va croire qu'elle a bavassé.

— Mais surtout, Julien, il ne faut pas qu'on fasse vivre à ce garçon ce qu'il a vécu à son autre école. Il a beaucoup souffert, tu sais. Tout le monde le montrait

du doigt. Plusieurs refusaient de lui parler. Il n'y a aucune raison qu'Édouard paye pour les erreurs de son père. C'est déjà assez triste pour lui de le savoir en prison. Tu ne penses pas ?

En fait, je trouve un peu injuste qu'Édouard puisse me faire souffrir, sans que moi, je puisse lui rendre la pareille. Mais, bon, je comprends ce que maman veut dire. Je promets de ne rien révéler.

— Il n'a pas voulu jouer avec toi ? demande-t-elle maintenant. Je vois bien que tu as pleuré.

Je lui raconte ce qui vient de m'arriver. Elle me serre contre elle.

— Je sais combien ça fait mal d'être trahi ainsi. Ça m'est déjà arrivé. Ça arrive à tout le monde, je crois, au moins une fois. Mais

ce n'est pas une consolation de
se faire dire ça, non ?

Je lui réponds par quelques
larmes. Maman les essuie en
murmurant :

— Et ce ne serait pas une
consolation non plus de dévoiler
le secret d'Édouard, crois-moi.
La vengeance ne procure jamais
autant de plaisir qu'on l'espère...

Mon nez bien mouché, je vais dans la cuisine. Sur la table, je trouve le journal ouvert sur l'article dont parlait papa. Je lis le titre : DES VICTIMES DE JEAN-RICHARD ROY SE CONFIENT. Dessous, il y a une photo du père d'Édouard escorté par deux policiers. Malgré cette situation, il affiche le même air fendant que son fils.

Chapitre 6

À vaincre
sans péril...

C'est déjà difficile de garder un seul secret. Pourtant, j'ai réussi à en garder deux cette semaine ! Je n'ai pas dit à Michaël que j'avais découvert son mensonge de samedi. Et je n'ai dit à personne la vérité sur le père d'Édouard.

De toute façon, je savais que j'aurais ma revanche autrement.

Lundi, nous avons passé le test écrit du *Combat des lecteurs*. Les deux élèves qui auraient le maximum de bonnes réponses s'affronteraient au quiz de jeudi, dans notre classe. Puis, notre vainqueur affronterait celui de la classe d'Éric, vendredi.

Bien sûr, je suis l'un des deux finalistes de ma classe. Il n'y a rien de plus facile pour moi ! L'autre finaliste sera... Édouard. Et il va mordre la poussière, je le jure !

C'est drôle, je ne suis plus le seul à regretter l'arrivée du « nouveau ». Odile a donné les noms des meilleurs en ordre : moi, Édouard, Anne-Marie... Avant même qu'elle entende son nom, Anne-Marie est devenue rouge comme une tomate. Une tomate mûre au point d'exploser.

Elle s'est levée d'un bond en renversant sa chaise. Elle s'est mise à crier, sans avoir levé la main :

— C'est injuste ! Comment Édouard peut-il représenter notre classe ? C'est tout juste s'il est là depuis trois semaines ! Deux garçons, en plus ! Ça prend une finaliste pour les filles !

— Ah oui ? Et si les deux meilleures avaient été des filles, en parlerais-tu ? a rétorqué Édouard, sans lever la main, lui non plus.

Odile a ordonné à tout le monde de se calmer.

— Ce sont les deux meilleurs qui s'affronteront au quiz et c'est tout, a-t-elle tranché. Bon, je continue : en quatrième, nous avons Jérémie Sigouin...

Plus personne n'écoutait. L'élève invisible est une fois de plus passé inaperçu.

Depuis lundi, je ne joue plus au soccer. À toutes les récrés, Jérémie me pose des questions sur les livres du *Combat* et, en ce

jeudi après-midi, nous venons de le faire pour la dernière fois. La cloche sonne. Ça y est ! Je m'en vais terrasser mon ennemi !

— T'es capable, Julien ! me lâche Jérémie, alors que nous nous mettons en rang.

Si Michaël m'ignore, Édouard, lui, se retourne pour me faire un sourire mauvais.

Dans la classe, Odile a déménagé nos deux pupitres à l'avant, face aux autres. Sur chacun d'eux, elle a placé un drôle de dispositif : une ampoule électrique reliée à une sorte de champignon.

— C'est Éric qui nous a fabriqué ce système. Comme dans les quiz de la télévision ! Julien, Édouard, placez-vous debout, derrière vos pupitres. Julien, appuie sur ton bouton !

J'obéis. Un horrible POUET ! retentit, en même temps que l'ampoule s'allume. La classe croule de rire. Sans attendre, Édouard enfonce son champignon, déclenchant un gros BOUOOOOP !

Odile ramène le sérieux et nous lit les règlements. Puis, elle s'exclame :

— Le *Combat* peut commencer. Première question : Comment se nomme la petite am...

— BOUOP ! Pascale Amélie Noël !

Bien voyons ! Je m'écrie :

— Disqualifié ! Édouard n'a pas attendu la fin de la question.

— Je viens de vous lire les règlements, dit Odile. Celui-là n'en fait pas partie. Dans un quiz, seule la rapidité de réponse compte. Vous pouvez prendre le risque d'appuyer top tôt sur votre sonnette. Sauf qu'en cas de mauvaise réponse votre concurrent aura un droit de réplique, après avoir entendu toute la question. Compris ? Bon, deuxième question : Avec quel cousin L...

— BOUOP ! Urso !

Je m'écrie de nouveau :

— Tu triches, Édouard !
Comment pouvais-tu connaître
la réponse ?

— Facile ! Il n'y a qu'un cousin
dans les livres de la liste, qu'une
seule petite amie, aussi.

— Troisième question : Quelle
montagne Al...

— BOUOOOP ! Le mont Albi-
nos !

Cette fois, des larmes de
rage me montent aux yeux. Je
ne peux le laisser gagner ainsi.
C'est inacceptable !

— Quatrième question :
Nommez trois p...

— POUET !... Euh...

— Droit de réplique à
Édouard : Nommez trois pays
visités par les cinq monstres de
Mémère !

— BOUOP ! Bluquubilar, Grand Sud, Chkribukuri !

Si je le pouvais, je me mordrais les talons. Et je dois me retenir de mordre mon pupitre. Il y a des jours que je répète la liste de ces foutus pays !

Cet échec m'achève. Après, tout se met à débouler, ne me laissant rien à quoi me raccro-

cher. On n'entend plus que des BOUOOOP ! Ils résonnent toujours avant que j'ose appuyer sur mon champignon. Quand j'obtiens enfin un droit de réplique, je suis à ce point bouleversé que j'ai un blanc. Enfin, on appelle ça « avoir un trou de mémoire », mais j'ai plutôt l'impression d'être tombé dans un noir complet.

Édouard, lui, gagne la partie par un blanchissage complet ! Les élèves et Odile l'applaudissent à tout rompre. Comment peuvent-ils être aussi contents ?

Je me sens totalement isolé. Malgré tout, je tends la main au vainqueur. Je réussis même à marmonner : « Félicitations ». Édouard éclate aussitôt de rire.

— De rien, Julien ! s'exclame-t-il. C'était trop facile. Tu as été TELLEMENT nul ! À vaincre sans péril, on triomphe sans gloire, comme dirait mon père.

Je n'en crois pas mes oreilles ! Je me tourne vers la classe. Les visages sont toujours aussi souriants. Plusieurs « amis » échappent de petits rires. Comme un volcan, je me mets à gronder. La lave monte.

Chapitre 7

Il est plus aisé
de détruire...

Un volcan en éruption, ça ne s'arrête pas. Odile fait une tentative :

— Voyons, les amis... commence-t-elle.

Mais avant qu'elle continue, les mots fusent de ma bouche :

— Vous êtes contents ? Vous le trouvez bien bon, bien drôle, le nouveau ? Mais savez-vous à qui vous avez affaire ? Bien, moi, je vais vous le dire : Édouard Garnier-Roy est un menteur, un tricheur et un voleur ! Comme son père, Jean-Richard Roy, qui n'est pas dans l'armée, en passant. Qui est EN PRISON ! Parce que le père d'Édouard a volé plein de petits vieux !

Comme je me tourne en le pointant du doigt, Édouard attrape son kangourou et quitte la classe en coup de vent. Odile le suit. Je reste debout, seul, devant ceux qui me regardent comme le méchant. J'éclate encore :

— Vous trouvez ça gentil, peut-être, ce qu'il m'a dit, lui ?

Je m'enfonce... Et je continue à m'enfoncer en lançant à Michaël :

— En tout cas, maintenant, tu sais qui est vraiment ton nouvel ami !

Les joues rouges et les yeux humides, il me répond :

— Il m'avait déjà tout dit. C'était notre secret. À cause de toi, il va croire que je l'ai trahi.

Je ne peux plus m'enfoncer davantage. Je voudrais être englouti. Mais, même au plus profond, je demeure bien visible pour tout le monde.

Les élèves commencent à parler entre eux. Il y a un mouvement vers les fenêtres et Lucie crie : Regardez !

Je m'approche. Édouard traverse la cour à toute vitesse, sans bottes, vêtu du kangourou qu'il avait apporté en classe. Il gagne la rue, où il disparaît. Heureusement, il ne fait pas vraiment froid.

Quelques minutes plus tard, Odile revient, l'air triste et peiné.

— J'ai appelé sa maman. Elle va venir à sa rencontre. On a vingt minutes avant la cloche. Nous allons parler de tout ça.

Avec Odile, nous nous exerçons souvent à nous mettre à la place des autres. Elle nous pose des questions. Et si la police venait arrêter votre père ? Impossible ? Vous pensez qu'il ne fait rien de mal ? Édouard aussi pensait ça. Pourtant... Alors, si ça vous arrivait à vous aussi, seriez-vous aussi coupable que votre papa ? Comment voudriez-vous être traité, à l'école ?

Nous essayons de répondre. Nous partageons nos sentiments. Après, elle nous dit :

— Édouard parlait de son père comme d'un héros. Il a fait des jaloux... Alors, quand la nouvelle est sortie, plusieurs se sont montrés très méchants à son autre école. Il ne faut plus que ça arrive ici. Et si quelqu'un d'une autre classe venait l'embêter avec ça, j'aimerais qu'il ait affaire à nous. Est-ce que vous acceptez de défendre votre camarade ?

Nous promettons tous que oui. Même Anne-Marie Labrie, qui essuie une petite larme d'émotion. Même moi.

Le cellulaire d'Odile sonne. C'est la maman d'Édouard. Ils sont entrés à la maison. Odile lui promet que tout va s'arranger. Elle dit qu'elle va rappeler. À nous, elle dit qu'Édouard sera

très gêné de revenir demain. Elle nous demande ce que nous pourrions faire pour qu'il se sente bien parmi nous. Un murmure s'amplifie, puis Aurore Macoumbé lève la main.

— Si tout le monde arrivait tôt, demain matin, on formerait un comité d'accueil pour notre champion du *Combat des lecteurs.* Je pourrais faire une banderole, ce soir.

— Bonne idée ! s'exclame Odile. Maintenant, il faut que je trouve les mots pour le convaincre de revenir...

Je me dis que c'est de ma faute, ce qui arrive. Ce serait à moi de recoller les pots cassés. Et je sais comment. Quand je lève la main, cette sensation de tomber que j'ai depuis le quiz me lâche enfin.

— Je vais aller chez Édouard après la classe, pour m'excuser. Je vais lui dire que tout le monde compte sur lui pour le *Combat*. Venant de moi, ça va marcher. Il ne pensera pas que je veux juste lui faire plaisir.

— C'est bien, Julien. Après la cloche, je te garde quelques minutes. On va réfléchir à ça ensemble. Maintenant, préparez votre sac et n'oubliez pas d'arriver tôt demain !

J'ai expliqué à Odile comment j'avais su pour le père d'Édouard. Je lui avoué à quel point j'en voulais au « nouveau » d'avoir volé mon ami. Et puis ma place dans la classe !

Elle me comprenait. Ça se voyait. Elle m'a même dit qu'elle en était désolée. Elle voulait tellement que tout aille bien pour Édouard qu'elle n'a pas remarqué ce que je vivais...

Maintenant, je marche seul sur l'avenue. Tout le monde est déjà parti. Je me sens en mission. Une mission difficile... Odile m'a confié qu'elle me trouvait très courageux.

— Tu sais, Julien, il est plus aisé de détruire que de réparer.

C'est bien vrai ! Devant la maison d'Édouard, j'ai la gorge sèche. Mon coeur bat trop vite. Mais je vais escalader le fameux mur de ma peur. Ça y est, je sonne !

La maman d'Édouard ouvre. Je la trouve jolie et très triste. Je lui dis que je viens voir son fils. Elle me fait entrer et referme la porte. Je me présente avec une voix mal assurée :

— Je suis Julien Potvin. Euh... C'est moi qui ai bavassé pour votre mari. J'ai entendu papa en parler avec maman. Elle m'a fait promettre de ne rien dire, mais...

— Va-t'en chez vous ! crie Édouard qui vient de sortir de sa chambre, les yeux rouges, en colère.

— Je suis venu m'excuser.

Les quatre yeux braqués sur moi montrent bien que je suis

inexcusable. Édouard s'avance, les poings serrés.

— Je ne suis pas un voleur ! lance-t-il. Je n'ai jamais rien volé.

Mon sang ne fait qu'un tour et je riposte :

— Ah, non ? Tu m'as pourtant volé mon ami !

Ça ne semble pas impressionner Édouard. Il répond sèchement :

— Michaël ne t'appartient pas, Julien. Et je ne l'ai pas pris de force, tu sauras !

La voix tremblante, je tente de me faire comprendre :

— C'est sûr que tu pouvais être ami avec lui, toi aussi. Mais pourquoi, moi, je ne le pouvais plus, alors ?

À son tour, la voix d'Édouard se met à trembler.

— On est bien, juste nous deux ensemble, dit-il en baissant la tête.

Sa maman a perdu son regard hostile. Elle me dit doucement :

— Tu sais, Julien, Michaël et Édouard vivent des choses semblables. Leurs papas leur ont donné beaucoup de cadeaux, mais ils les ont aussi beaucoup déçus. Ils se parlent de ça. Ils pensent que toi, tu ne pourrais pas comprendre, avec ton papa qui est toujours là. Peut-être qu'ils sont un peu jaloux.

C'est à croire que tout le monde est jaloux de tout le monde ! Elle pose la main sur mon épaule et me dirige vers la porte en ajoutant :

— En tout cas, c'est gentil d'être venu t'excuser.

Je me raidis. Il ne faut pas que j'oublie le plus important ! D'une voix plus affirmée, je me retourne vers Édouard et je lui dis :

— En fait, je suis venu de la part de tous les élèves. Ils m'en veulent beaucoup pour ce que j'ai fait. Tout le monde a promis de garder le secret. On a aussi promis de te défendre si quelqu'un t'embêtait. On te comprend. Tu peux me croire ! On veut tous que tu reviennes et que tu nous représentes au quiz de demain. Tu vas venir ?

Il fait oui de la tête, avec un léger sourire.

— À demain, alors ! dis-je en sortant.

Chapitre 8

Les amis de mes amis...

Quand Édouard et Michaël sont arrivés à l'école, les élèves de notre classe étaient déjà massés devant l'entrée de la cour. Aurore avait fait une longue banderole. À l'avant du groupe, quatre élèves la tenaient au bout de longs bâtons. On pouvait y lire : BON COMBAT DES LECTEURS À NOTRE CHAMPION !

Tout le monde s'est mis à applaudir et à crier : Vive Édouard ! Vive Édouard !

Je me tenais à l'arrière et personne ne faisait attention à moi. Entre les têtes, j'ai bien vu qu'Édouard avait changé son sourire fendant en un vrai beau sourire.

En classe, Odile a voulu être gentille avec moi. Elle s'est exclamée :

— Je suis certaine que nous allons remporter la victoire, cet après-midi. Imaginez ! Édouard a réussi à vaincre Julien, notre plus grand champion du lundi. Alors, personne ne pourra lui résister !

On aurait entendu voler une mouche. Juste le son de mon nom avait créé un malaise.

Peut-être qu'Odile devrait demander aux élèves de se mettre à ma place...

Parce que j'ai toujours une place. La mienne. Édouard ne me l'a pas volée. Il a seulement pris la sienne. Ce matin, j'arrive à l'admettre.

J'ai le coeur bien gros quand je sors pour la récré. Je n'ose aller vers personne et personne ne vient vers moi. Je me dirige vers la clôture en regardant mes pieds. Je vais me trouver un petit coin où me faire oublier.

— Tu veux des amandes, Julien ?

— Oh, Jérémie ! Tu me parles encore ?

— Bien sûr... Tu es mon ami !

Je ne trouve rien à dire. Je souris. Lui, il reprend :

— C'est toi qui aurais dû gagner, hier. La preuve : tu as été le meilleur au test de lundi. Édouard, il est seulement le champion du piton.

Cette fois, je ris en prenant une amande dans son sac. Soudain, j'entends crier :

— Julien ! Julien !

Je me retourne : Édouard arrive à la course. Il me prend par le bras et m'entraîne vers

les joueurs de soccer. J'aperçois Michaël. Il me regarde arriver. Il ne fait plus semblant de ne pas me connaître. Il me sourit ! Édouard me lance, tout en courant :

— Il y a une maxime qui dit : *Les amis de mes amis sont mes amis*. Ma mère me l'a apprise hier.

Tout à coup, je m'arrête. Je crie à Édouard :

— Allez-y ! Je vous rejoins.

Je fais demi-tour et je vais attraper le bras de Jérémie.

— Viens jouer !

Il résiste avec un air triste.

— Non. Je ne suis pas bon en sports.

Je tire plus fort en m'écriant :

— C'est pas grave, moi non plus ! Au moins, on sera deux !

Est-ce parce que Jérémie est invisible ? Je n'avais encore jamais remarqué son sourire. Un sourire grand comme le monde, pourtant !

Nous nous mettons à courir ensemble, aussi légers que nos rires.

Danielle Simard

Dans chacune de mes histoires avec Julien Potvin, je lui fais surmonter une petite épreuve. Pour cette 11e aventure, je me suis longtemps demandé ce que ce serait. J'ai questionné mon mari sur son enfance. Après tout, il m'a déjà inspiré quelques aventures de Julien. Il m'a même inspiré Julien lui-même!

Mon mari, Daniel, m'a raconté la fois où un nouveau est arrivé à l'école et lui a pris sa place de « meilleur de la classe ». J'ai trouvé cette piste intéressante... Et si ce nouveau volait aussi à Julien son ami ? Ma question m'a aussitôt rappelé la fameuse phrase: « Tu n'es plus mon ami ! » Combien de fois avais-je dit ou entendu ces mots-là ? Ces simples mots qui résonnent si souvent dans les cours de récréation. Et qui, pourtant, font si mal....

Il fallait bien qu'une peine d'amitié arrive un jour à Julien. J'ai donc écrit cette histoire pour mon héros préféré. Mais en retour, il m'a fait ressentir toute la tristesse que je lui faisais vivre.

Caroline Merola

Je suis toujours pleine d'admiration devant le talent de Danielle. Elle décrit de façon si juste et si sensible les sentiments qui tourmentent ses personnages !

Je me suis reconnue, dans cette histoire. Moi aussi, j'étais jalouse de l'amie de ma meilleure amie Joanne. Qu'est-ce qu'elle avait de plus que moi, la grande Louise ? Une piscine ? Des billets pour le cinéma ? À chaque fois que Joanne choisissait de jouer avec Louise plutôt qu'avec moi, c'était comme une morsure au coeur.

Je me suis reconnue, mais j'ai aussi reconnu mes enfants. Et je suis sûre que beaucoup de lecteurs se retrouveront à travers les misères de Julien. Car Danielle a le don d'écrire des histoires universelles. De bonnes histoires, pleines de vérité, d'émotions et d'épreuves à traverser. Et en plus, ses romans finissent bien ! Comme dans la vraie vie, parfois.

La preuve, Joanne est toujours ma meilleure amie !

Ta semaine de lecture avec…

Le champion du lundi
Julien est un élève modèle. Il recevra la médaille du Champion du lundi… mais cette médaille lui en fera voir de toutes les couleurs !

Le démon du mardi
Julien suit des cours de natation. Mais il y a aussi Lucie Ferland, qui se moque de lui tout le temps. Un cauchemar ? Sûrement, s'il n'y avait Gabrielle que Julien aime en secret… **3e position au Palmarès de Communication Jeunesse 2000**

Le monstre du mercredi
Odile place les élèves en équipe de deux. Julien se retrouve avec le monstre de la classe ! Comment se sortira-t-il des griffes de Steve ? **2e position au Palmarès de Communication Jeunesse 2001**

Les petites folies du jeudi
Julien et Michaël sont tous deux amoureux de Gabrielle. Michaël propose de lui acheter un cadeau. Julien n'a pas d'argent de poche. Suffit-il d'en avoir pour déclarer son amour ? **Prix Communication Jeunesse 2004, Grand prix du livre de la Montérégie 2004**

avec Julien Potvin

Le macaroni du vendredi

Julien doit faire un exposé oral démontrant ce qu'il réussit d'extraordinaire en dehors de l'école. Julien veut épater ses amis. Mais comment ? Un champion du lundi peut-il devenir la nouille du vendredi ? **Grand prix du livre de la Montérégie 2005**

Le mauvais coup du samedi

Julien est en colonie de vacances. Il s'amuse à jouer des tours et à faire des coups pendables avec son ami Cédric. Après un mauvais coup pas gentil du tout, Julien ne se reconnaît plus. Dans quel piège est-il tombé ? Comment fera-t-il pour redevenir lui-même ? Pas de chance, c'est dimanche !

Pas de chance, c'est dimanche !

Une sortie en famille et voilà que les catastrophes s'accumulent. Chamaillerie entre frère et soeur sur la banquette arrière, visite de musée ratée: rien que des pépins. Les sorties familiales sont souvent une corvée, mais il est réconfortant d'être ensemble quand on est en panne d'essence et perdus dans la forêt.

UNE NOUVELLE SEMAINE QUI COMMENCE !

Lundi, jour de peur

La mère de Julien sera absente toute la semaine. Son père prendra la relève. Julien pense qu'il aura tout son temps pour rédiger sa recherche. Mais il se laisse tenter par toutes les activités exceptionnelles que son père propose. Le lundi fatidique arrive et Julien doit rendre son travail. Non seulement il n'a pas écrit une seule ligne, mais il se fait voler son sac d'école… Avec Julien, les catastrophes vont s'accumuler !

Mardi, jour d'Halloween

Que va faire Julien lorsque sa mère lui fabrique un costume de papillon pour l'Halloween ? Peut-il refuser de le porter pour le concours de déguisements de l'école ? Sa mère en aurait le coeur brisé. Elle est si fière de son oeuvre ! Cruel dilemme pour Julien...

Mercredi, jour de fête

Comme Julien est né quelques jours avant Noël, sa fête passe inaperçue. Et cette année, c'est pire : sa classe donne un spectacle le même soir. Julien veut absolument attirer l'attention. Après tout, cette journée, c'est la sienne ! Mais y parviendra-t-il ?

GARANT DES FORÊTS
INTACTES

Ce livre a été imprimé sur du papier Sylva enviro
100 % recyclé, traité sans chlore, accrédité Éco-Logo
et fait à partir d'énergie biogaz.

Achevé d'imprimer
à Montmagny (Québec)
sur les presses de Marquis Imprimeur
en juillet 2013